CANTIQUES

DE SAINT-ROCH,

A L'USAGE DE LA RETRAITE PASCALE

ET

DES EXERCICES DU ROSAIRE.

CANTIQUES

DE SAINT-ROCH,

A L'USAGE DE LA RETRAITE PASCALE

ET

DES EXERCICES DU ROSAIRE.

PARIS,

A LA SACRISTIE ET CHEZ M. CHASSEVENT,

LIBRAIRE, PASSAGE SAINT-ROCH.

—

1838.

CANTIQUES

DE SAINT-ROCH,

A L'USAGE DE LA RETRAITE PASCALE

ET

DES EXERCICES DU ROSAIRE.

~~~~~~

1er JOUR.

LE PÉCHEUR DÉTROMPÉ DES ERREURS DU MONDE.

Un fantôme brillant séduisit ma jeunesse,
Sous le nom du plaisir il égara mes pas.
Insensé que j'étais ! je n'apercevais pas
L'abîme que des fleurs cachaient à ma faiblesse.
Mais enfin revenu de mes égaremens,
Remettant mon salut à ta bonté chérie,
O mon Dieu! mon soutien! après mille tourmens,
Quand je reviens à toi, je reviens à la vie.

Le flambeau si vanté de la philosophie,
Ces lumières du jour dont j'admirais les feux,
M'ont conduit sur le bord du précipice affreux
Où me poursuit sans cesse une force ennemie.
Mais enfin, etc.
~~~~~~

Plaisirs où j'avais cru ne trouver que des charmes,
Ivresse de mes sens, trompeuse volupté,
Hélas ! en vous cherchant que vous m'avez coûté
De craintes, de douleurs, de regrets et de larmes.
Mais enfin, etc.

L'amitié, cet appui qui reposait mon ame,
Cet asile si doux où j'avais sommeillé,
Comme un songe menteur, quand je fus éveillé,
M'offrit la trahison au reflet de sa flamme.
Mais enfin, etc.

Vous qui, de vos vertus, souteniez mon enfance,
O mon père ! ô ma mère ! à combien de douleurs
Ma jeunesse rebelle a dû livrer vos cœurs,
Et troubler vos tombeaux dans leur pieux silence.
Mais enfin, etc.

Pardonnez, pardonnez à votre enfant coupable ;
Hélas ! cent fois puni d'oublier vos leçons,
Même au sein des plaisirs, par des remords profonds,
Il expiait déjà son crime impardonnable.
Mais enfin, etc.

Oui, mon Dieu, c'en est fait, touché de ta clémence,
Je quitte pour jamais le monde et ses appas :
Nouvel enfant prodigue, appelé dans tes bras,
Je retrouve à la fois mon père et l'innocence.
Car enfin, etc.

Sainte paix, calme heureux où mon ame repose,
Plaisirs délicieux dont s'enivre mon cœur,
Oh ! ne me quittez plus, donnez-moi le bonheur
Qu'en vain depuis long-temps le monde me propose.
Car enfin, etc.

REGRETS D'AVOIR TARDÉ SI LONG-TEMPS
D'AIMER LE SEIGNEUR.

A tes pieds, Dieu que j'adore,
Ramené par mes malheurs,
Tu vois mon cœur qui déplore
Ses écarts et ses erreurs.
   Seigneur ! Seigneur !
Ah ! reçois, reçois encore   } *bis.*
Mes soupirs et ma douleur.
   Seigneur, etc.

Si mon crime, qui te blesse,
Sollicite ton courroux,
Ton indulgence te presse
De me sauver de tes coups.
   Seigneur ! Seigneur !
J'attends tout de ta tendresse; } *bis.*
Désarme ton bras vengeur.
   Seigneur, etc.

Israel, jadis coupable,
Pleure ses égaremens ;
Bientôt ta main secourable
En suspend les châtimens.
   Seigneur ! Seigneur !
Jette un regard favorable   } *bis*
Sur ce malheureux pécheur.
   Seigneur, etc.

Je ne puis rien sans ta grace;
Daigne donc me secourir;
Seul j'ai causé ma disgrace,
Seul je ne puis revenir.
   Seigneur ! Seigneur !
L'espoir enfin a fait place   } *bis.*
A ma trop juste frayeur.
   Seigneur, etc.

Mes soupirs sont ton ouvrage ;
Puisse mon cœur malheureux
Te venger de mon outrage
Et de mes coupables feux !
    Seigneur ! Seigneur !
Que mon cœur long-temps volage
N'aime plus que sa douleur !

ACTIONS DE GRACES.

A LA FIN DES EXERCICES.

Bénissons à jamais
Le Seigneur dans ses bienfaits.

Bénissez-le, saints Anges,
Louez sa majesté ;
Rendez à sa bonté
Mille et mille louanges.
Bénissons, etc.

Oh ! que c'est un bon père !
Qu'il a grand soin de nous !
Il nous supporte tous,
Malgré notre misère.
Bénissons, etc.

Comme un pasteur fidèle,
Sans craindre le travail,
Il ramène au bercail
Une brebis rebelle.
Bénissons, etc.

Il a brisé ma chaîne
Comme un puissant vainqueur,
Et comme un doux Sauveur,
Il m'a mis hors de peine.
Bénissons, etc.

Il a guéri mon ame ,
Comme un bon médecin ;
Comme un maître divin
Il m'éclaire et m'enflamme.
Bénissons, etc.

Il me comble à toute heure
De grace et de faveur ;
Dans le fond de mon cœur
Il a pris sa demeure.
Bénissons, etc.

Que tout loue en ma place
Un Dieu si plein d'amour,
Qui me fait chaque jour
Une nouvelle grace.
Bénissons, etc.

Sa bonté me supporte,
Sa lumière m'instruit,
Sa beauté me ravit,
Son amour me transporte.
Bénissons, etc.

Oui, sa douceur m'enchaîne,
Sa grace me guérit,
Sa force m'affermit,
Sa charité m'entraîne.
Bénissons, etc.

Dieu seul est ma tendresse,
Dieu seul est mon soutien,
Dieu est tout mon bien,
Ma vie et ma richesse.
Bénissons à jamais
Le Seigneur dans ses bienfaits.

2ᵉ JOUR.

CANTIQUE DU MATIN.

Des feux de la brillante aurore
Le ciel commence à s'enflammer;
Un nouveau jour est près d'éclore,
Chrétiens, sachons en profiter.
Laissons, au sein de la mollesse,
Dormir les esclaves des sens,
Faisons d'une sainte allégresse
Retentir au loin les accens. } *bis.*

Dès que la main toute-puissante
Eut formé ce vaste univers,
La nature reconnaissante
Entonne ces divins concerts.
Imitona ce touchant hommage,
En sortant des bras du sommeil,
Du néant il est une image.
Chantons le bienfait du réveil; } *bis.*

De votre clémence infinie,
Seigneur, nous recevons ce jour;
Vous nous avez rendu la vie,
Nous la vouons à votre amour.
Dans nos cœurs versez votre grace,
Qu'elle en règle les mouvemens,
Et qu'un saint repentir efface
Les fautes des jours précédens.

Que nos prières soient ferventes,
Et notre travail assidu,

Toutes nos démarches prudentes,
Tout notre amour pour la vertu ;
Que nos mœurs soient irréprochables :
Soyons modestes, vigilans,
Sobres, doux, humbles, charitables, } *bis*
Résignés et persévérans.

IMPORTANCE DU SALUT.

Travaillez à votre salut,
Quand on le veut, il est facile.
Chrétiens, n'ayez point d'autre   ut
Sans lui, tout devient inutile.
Sans le salut (*bis*), pensez-y bien,
Tout ne vous servira de rien.   (*bis.*)

Oh ! que l'on perd en le perdant !
On perd le céleste héritage ;
Au lieu d'un bonheur si charmant,
On a l'enfer pour son partage.
Sans le salut, etc.   (*bis.*)

Que sert de gagner l'univers,
Dit Jésus, si l'on perd son ame,
Et s'il faut, au fond des enfers,
Brûler dans l'éternelle flamme ?
Sans le salut, etc.   (*bis.*)

Rien n'est digne d'empressement,
Si ce n'est la vie éternelle ;
Tout le reste est amusement,
Tout n'est que pure bagatelle,
Sans le salut, etc.   (*bis.*)

C'est pour toute une éternité
Qu'on est heureux ou misérable ;
Que, devant cette vérité

Tout ce qui passe est méprisable !
Sans le salut, etc.   *(bis.)*

Grand Dieu ! que tant que nous vivrons
Cette vérité nous pénètre.
Ah ! faites que nous nous sauvions
A quelque prix que ce puisse être.
Sans le salut, etc.   *(bis.)*

SENTIMENS DE REPENTIR.

Jusques à quand baigné de larmes,
Gémirai-je sans t'attendrir ?
O Dieu ! témoin de mes alarmes,
Voudrais-tu me laisser périr ?   } *bis.*

Perdu sous les coups de l'orage,
Seigneur, t'invoquerai-je en vain ?
Daigne, daigne, au sein du naufrage, } *bis.*
Me tendre ta puissante main.

Mon ame, d'une faim funeste,
A tes yeux offre le malheur :
Donne, donne le pain céleste
Aux besoins de ce pauvre cœur.   } *bis.*

Hélas ! une douleur amère
Déchire mon cœur repentant.
Un père est-il jamais sévère
Aux larmes d'un fils suppliant ?   } *bis.*

Écoute la voix du Calvaire,
Pour tous elle veut le pardon.
O Dieu ! montre-toi débonnaire
Au pécheur qui bénit ton nom.   } *bis.*

C'est toi qui relevas mon ame,
Accomplis ton œuvre en ce jour ;
Qu'à jamais ta divine flamme
Me comble de joie et d'amour.   } *bis.*

M. l'abbé G.......

SENTIMENS DE CONTRITION.

Hélas !
Quelle douleur
Remplit mon cœur,
Fait couler mes larmes?
Hélas !
Quelle douleur
Remplit mon cœur
De crainte et d'horreur!
Autrefois,
Seigneur, sans alarmes,
De tes lois
Je goûtai les charmes.
Hélas !
Vœux superflus,
Beaux jours perdus,
Vous ne serez plus !...

La mort
Déjà me suit ;
O triste nuit !
Déjà je succombe;
La mort
Déjà me suit,
Le monde fuit,
Tout s'évanouit.
Je la vois
Entr'ouvrant ma tombe,
Et sa voix
M'appelle et j'y tombe.
O mort !
Cruelle mort !
Si jeune encor!...
Quel funeste sort !

Frémis,
Ingrat pécheur,
Un Dieu vengeur,
D'un regard sévère,
Frémis,
Ingrat pécheur,
Un Dieu vengeur
Va sonder ton cœur.
Malheureux !
Entends son tonnerre,
Si tu peux
Soutiens sa colère.
Frémis,
Seul aujourd'hui,
Sans nul appui
Parais devant lui.

Grand Dieu !
Quel jour affreux
Luit à mes yeux !
Quel horrible abîme !
Grand Dieu !
Quel jour affreux
Luit à mes yeux !
Quels lugubres feux !
Oui, l'enfer
Vengeur de mon crime,
Est ouvert,
Attend sa victime.
Grand Dieu !
Quel avenir !
Pleurer, gémir,
Toujours te haïr !

Beau ciel !
Je t'ai perdu,

Je t'ai vendu,
Par de vains caprices.
Beau ciel !
Je t'ai perdu,
Je t'ai vendu,
Regret superflu !
Loin de toi,
Toutes les délices
Sont pour moi
Autant de supplices.
Beau ciel !
Toi que j'aimais,
Qui me charmais,
Ne te voir jamais !...

O vous,
Enfans pieux,
Toujours joyeux
Et pleins d'espérance !
O vous,
Enfans pieux,
Toujours joyeux,
Moi seul malheureux !
J'ai voulu
Sortir de l'enfance,
J'ai perdu
L'aimable innocence.
O vous,
Du ciel un jour,
Heureuse cour !
A dieu sans retour.

Non, non,
C'est une erreur,
Dans mon malheur,
Hélas ! je m'oublie.
Non, non,

C'est une erreur,
Dans mon malheur
Je trouve un Sauveur.
Il m'entend,
Me réconcilie ;
Dans son sang
Je reprends la vie.
Non, non,
Je l'aime encor,
Et le remord
A changé mon sort.

Jésus !
Manne des cieux,
Pain des heureux,
Mon cœur te réclame.
Jésus !
Manne des cieux,
Pain des heureux,
Viens combler mes vœux.
Désormais
Ta divine flamme,
Pour jamais
Embrase mon ame.
Jésus !
O mon sauveur !
Fais de mon cœur
L'éternel bonheur.

DIEU ET LE PÉCHEUR.

DIEU.

Reviens, pécheur, à ton Dieu qui t'appelle,
Viens au plus tôt te ranger sous sa loi ;
Tu n'as été déjà que trop rebelle,
Reviens à lui puisqu'il revient à toi.　　　　*(bis.)*

LE PÉCHEUR.

Voici, Seigneur, cette brebis errante
Que vous daignez chercher depuis long-temps ;
Touché, confus d'une si longue attente,
Sans plus tarder, je reviens, je me rends. (*bis.*)

DIEU.

Pour t'attirer ma voix se fait entendre ;
Sans me lasser partout je te poursuis :
D'un Dieu pour toi, du père le plus tendre
J'ai les bontés, ingrat et tu me fuis.   (*bis.*)

LE PÉCHEUR.

Errant, perdu, je cherchais un asile;
Je m'efforçais de vivre sans effroi :
Hélas ! Seigneur, pouvais-je être tranquille,
Si loin de vous, et vous si loin de moi.   (*bis.*)

DIEU.

Attraits, frayeur, remords, secret langage,
Qu'ai-je oublié dans mon amour constant ?
Ai-je pour toi dû faire davantage?
Ai-je pour toi dû même en faire autant ? (*bis.*)

LE PÉCHEUR.

Je me repens de ma faute passée :
Contre le ciel, contre vous j'ai péché;
Mais oubliez ma conduite insensée
Et ne voyez en moi qu'un cœur touché.   (*bis.*)

DIEU.

Si je suis bon, faut-il que tu m'offenses?
Ton méchant cœur s'en prévaut chaque jour;
Plus de rigueur vaincrait tes résistances;
Tu m'aimerais si j'avais moins d'amour.   (*bis.*)

LE PÉCHEUR.

Que je redoute un juge , un Dieu sévère !
J'ai prodigué des biens qui sont sans prix ;
Comment oser vous appeler mon père ?
Comment oser me dire votre fils ?   (*bis.*)

DIEU.

Marche au grand jour que t'offre ma lumière ;
A sa faveur tu peux faire le bien :
La nuit bientôt finira ta carrière ;
Funeste nuit, où l'on ne peut plus rien.   (*bis.*)

LE PÉCHEUR.

Dieu de bonté, principe de tout être,
Unique objet digne de nous charmer,
Que j'ai long-temps vécu sans vous connaître !
Que j'ai long-temps vécu sans vous aimer ! (*bis.*)

CANTIQUE DU SOIR.

Le soleil vient de finir sa carrière ;
Comme un instant ce jour s'est écoulé.
Jour après jour, ainsi la vie entière
S'écoule et passe avec rapidité.

A chaque instant l'éternité s'avance ;
Travaillons-nous à nous y préparer ?
De nos péchés faisons-nous pénitence ?
De la vertu suivons-nous le sentier ?

Si cette nuit le souverain Arbitre
Nous appelait devant son tribunal,
A sa clémence avons-nous quelque titre ?
Que lui répondre en cet instant fatal ?

Du moins, touchés d'un repentir sincère,
Pleurons, chrétiens, les fautes de ce jour ;
Du Dieu vengeur désarmons la colère ;
Un cœur contrit regagne son amour.

3ᵉ JOUR.

SENTIMENS D'AMOUR POUR DIEU.

Heureux qui goûte les doux charmes
De l'aimable et céleste amour.
Son cœur, d'une paix sans alarmes,
Devient le tranquille séjour.

Esprit-Saint, descends sur la terre,
Embrase-la d'un si beau feu :
Ah ! s'il est doux d'aimer un père,
Comment ne pas aimer un Dieu ?

O vous que l'infortune afflige,
Ne craignez point votre douleur :
L'amour opère tout prodige,
Il change nos maux en bonheur.
Esprit, etc.

Je le sens cet amour extrême,
Il me prévient de sa douceur ;
Mais pour t'aimer, bonté suprême,
Non ce n'est point assez d'un cœur.
Esprit, etc.

LE PÉCHEUR SINCÈREMENT CONVERTI.

Seigneur, Dieu de clémence,
Reçois ce grand pécheur,
A qui la pénitence
Touche aujourd'hui le cœur ;
Vois d'un œil secourable
L'excès de son malheur,
Et d'un cœur favorable
Accepte sa douleur.

Je suis un infidèle
Qui méconnus tes lois,

Un perfide, un rebelle,
Qui péchai mille fois :
Jamais dans l'innocence
Je n'ai coulé mes jours;
Toujours plus d'une offense
En a terni le cours.

Chargé de mille crimes,
Souvent j'ai mérité
D'entrer dans les abîmes
Pour une éternité.
J'ai peu craint la colère
De ton bras irrité;
Mais cependant j'espère,
Seigneur, en ta bonté.

Lorsqu'à ton indulgence
Un coupable a recours,
Des traits de la vengeance
Ton cœur suspend le cours.
Rempli de confiance,
J'ose venir à toi;
Au nom de la clémence,
Grand Dieu! pardonne-moi.

Hélas! quand je rappelle
Combien je fus pécheur,
Une douleur mortelle
S'empare de mon cœur.
Par quel malheur extrême
Ai-je offensé souvent
Un Dieu, la bonté même,
Un Dieu si bienfaisant!

Fuis loin, péché funeste,
Dont je fus trop charmé;
Péché, je te déteste
Autant que je l'aimai.

O Dieu bon! ô bon père!
Tu vois mon repentir :
Avant de te déplaire,
  Plutôt, plutôt mourir!

C'est fait, je le déteste;
Plus de péché pour moi :
Le ciel, que j'en atteste,
Garantira ma foi.
Le Dieu qui me pardonne
Aura tout mon amour;
A lui seul je le donne
Sans borne et sans retour.

IMPORTANCE DU SALUT.

Fut-il jamais erreur plus déplorable!
Nous désirons les faux biens d'ici-bas!
Et le salut, le seul bien véritable,
Hélas! nos cœurs ne le désirent pas!   (*bis.*)

Sommes-nous faits pour des biens si fragiles,
Qu'on voit passer ainsi qu'une vapeur,
Et qui pour nous en maux sont si fertiles?
Ah! de tels biens sont-ils le vrai bonheur? (*bis.*)

Un Dieu, pour nous, souffre une mort honteuse :
Qu'une ame est donc d'une grande valeur!
Et pour un rien, cette ame précieuse,
Nous l'exposons à l'éternel malheur!   (*bis.*)

Perdre son ame, ô perte inestimable!
Quel bien pourrait nous en dédommager?
De tous les maux c'est le plus redoutable;
Tout autre mal n'est qu'un mal passager. (*bis.*)

Oui, désormais les maux les plus sensibles,
La pauvreté, les douleurs, les mépris,

Ne doivent plus nous paraître terribles ;
Sauvons notre âme, et nos maux sont finis.   (*bis.*)

En vain, placés au sein de l'abondance,
Nous possédons le bonheur le plus doux ;
Gloire, plaisirs, honneurs, biens, opulence,
Sans le salut tout est perdu pour nous !   (*bis.*)

Pensons-y donc, insensés que nous sommes !
Ne courons plus après la vanité ;
Dieu tout-puissant, ah! fais donc que les hommes
Soient occupés de leur éternité !   (*bis.*)

PRIÈRE DU PÉCHEUR PÉNITENT.

De ce profond, de cet affreux abîme,
Où je me suis aveuglément jeté,
Le cœur brisé du regret de mon crime,
J'ose implorer, Seigneur, votre bonté.

Prêtez l'oreille à l'ardente prière ;
Voyez les pleurs d'un enfant malheureux ;
Quoique pécheur, il voit en vous un père ;
Pouvez-vous être insensible à ses vœux ?

Si vous voulez, sans user de clémence,
Compter, peser tous nos déréglemens,
Ah! qui pourra, malgré son innocence,
Se rassurer contre vos jugemens ?

Mais vous aimez à vous rendre propice,
Et votre bras, toujours lent à punir,
Se plaît à voir désarmer sa justice :
Heureux celui qui peut la prévenir !

Cette bonté, dans mes maux, me console ;
Et quoi qu'il plaise au Seigneur d'ordonner,
Je souffre en paix sur sa sainte parole :
Quand il nous frappe il veut nous pardonner.

Ah! qu'Israel en Dieu toujours espère!
Qu'il en réclame, avec foi, le secours:
Ce Dieu puissant, son défenseur, son père,
Dans ses dangers le protégea toujours.

Entre les bras de sa miséricorde,
Avec tendresse il reçoit les pécheurs;
Et son amour, au pardon qu'il accorde,
Ajoute encore les plus grandes faveurs.

Peuple, autrefois l'objet de sa vengeance,
Ne gémis point sur ta captivité;
Bientôt il va briser dans sa clémence
Tous les liens de ton iniquité.

LA MORT.

A la mort, à la mort,
Pécheur, tout finira;
Le Seigneur à la mort
Te jugera.

Il faut mourir, il faut mourir;
De ce monde il nous faut sortir:
Le triste arrêt en est porté;
Il faut qu'il soit exécuté.
A la mort, etc.

Comme une fleur qui se flétrit,
Ainsi bientôt l'homme périt;
L'affreuse mort vient de ses jours
Dans peu de temps finir le cours.
A la mort, etc.

Pécheurs, approchez du cercueil;
Venez confondre votre orgueil;
Là tout ce qu'on estime tant
Est enfin réduit au néant.
A la mort, etc.

O vous qui suivez vos désirs,
Qui vous plongez dans les plaisirs,
Pour vous, quel affreux changement
La mort va faire en ce moment!
  A la mort, etc.

Plus de plaisirs, plus de douceurs,
Plus de pouvoirs, plus de grandeurs:
Ces biens dont vous êtes jaloux
Vont tout à coup périr pour vous.
  A la mort, etc.

Adieu, famille; adieu, parens;
Adieu, chers amis, chers enfans:
Votre cœur se désolera;
Mais enfin tout vous quittera.
  A la mort, etc.

ACTIONS DE GRACES

A LA FIN DES EXERCICES.

Bénissons à jamais, etc. *Voyez* page 8.

4ᵉ JOUR.

SENTIMENS DE REPENTIR.
(*Voyez* page 12.)

PLAINTES ET ESPÉRANCES.

Permettras-tu que ton culte périsse?
O Dieu sauveur! ô Fils de l'Éternel!
Quoi! désormais l'auguste sacrifice,
N'aura donc plus de temple ni d'autel?

L'Église en deuil, plaintive, désolée,
Ne cesse, hélas! d'implorer son époux :
Par les méchans d'insultes accablée,
Doit-elle enfin succomber sous leurs coups?

Des loups cruels, ô Dieu! confonds la rage;
Défends, Seigneur, tes fidèles brebis :
De ton troupeau, de ton faible héritage,
Épargne au moins les malheureux débris.

Mais c'en est fait, je vois fuir la tempête;
Je vois briller l'aurore d'un beau jour.
Sainte Sion, pour toi quel jour de fête!
De tes enfans célèbre le retour.

Sèche tes pleurs, mets un terme à tes plaintes;
Non, non, tes murs ne seront point déserts :
Déjà la foule inonde ton enceinte,
Sous tes parvis j'entends mille concerts.

O culte saint! l'enfer en vain conspire
Pour diviser ce que tu réunis :
Du Dieu de paix tu rétablis l'empire.
La foi triomphe, il n'est plus d'ennemis.

LE JUGEMENT DERNIER.

Dieu va déployer sa puissance :
Le temps comme un songe s'enfuit.
Les siècles sont passés; l'éternité commence;
Le monde va rentrer dans l'horreur de la nuit.
Dieu, etc.

J'entends la trompette effrayante;
Quel bruit! quels lugubres éclairs!
Le Seigneur a lancé la foudre étincelante,
Et ses feux dévorans embrasent l'univers.
J'entends, etc.

Les monts foudroyés se renversent,

Les êtres sont tous confondus ;
La mer ouvre son sein, les ondes se dispersent ;
Tout est dans le chaos, et la terre n'est plus.
     Les monts, etc.

     Sortez des tombeaux, ô poussière !
     Dépouille des pâles humains :
Le Seigneur vous appelle, il vous rend la lumière,
Il va sonder les cœurs, et fixer vos destins.
     Sortez, etc.

     Il vient ; tout est dans le silence ;
     Sa croix porte au loin la terreur :
Le pécheur consterné frémit à sa présence,
Et le juste lui-même est saisi de frayeur.
     Il vient, etc.

     Assis sur un trône de gloire,
     Il dit : Venez, ô mes élus !
Comme moi vous avez remporté la victoire,
Recevez de mes mains le prix de vos vertus.
     Assis, etc.

RÉSOLUTION APRÈS LA SAINTE COMMUNION.

Le monde en vain par ses biens et ses charmes
Veut m'engager à plier sous sa loi,
Mais pour me vaincre, il faut bien d'autres armes :
Je ne crains rien, Jésus est avec moi.   *(bis.)*

Venez, venez, fiers enfans de la terre ;
Déchaînez-vous pour me remplir d'effroi :
Quand de concert vous me feriez la guerre,
Je ne crains rien, Jésus est avec moi.   *(bis.)*

Cruel Satan, arme-toi de la rage,
Que tes démons se liguent avec toi :
Tu ne pourras abattre mon courage ;
Je ne crains rien, Jésus est avec moi.   *(bis.)*

Non, non, jamais la mort la plus cruelle
Ne me fera trahir ce divin roi;
Jusqu'au trépas je lui serai fidèle :
Je ne crains rien, Jésus est avec moi.   (*bis.*)

Que les enfers, les airs, la terre et l'onde
Conspirent tous à me remplir d'effroi;
Quand je verrais sur moi crouler le monde
Je ne crains rien, Jésus est avec moi.   (*bis.*)

Divin Jésus, mon unique espérance,
Vous pouvez tout; oui, Seigneur, je le croi :
Augmentez donc pour vous ma confiance.
Je ne crains rien, Jésus est avec moi.   (*bis.*)

5ᵉ JOUR.

LES AVANTAGES DE L'INNOCENCE.

Heureux qui, dès son enfance,
  Soumis aux lois du Seigneur,
N'a pas, avec l'innocence,
  Perdu la paix de son cœur !
Chéri de celui qu'il adore,
Son bonheur le suit en tout lieu;
Que peut-il désirer encore,
Quand il se voit l'ami d'un Dieu?
  Heureux, etc.

En vain la fortune couronne,
Du pécheur, les moindres désirs;
Le remords cruel empoisonne
Les plus vantés de ses plaisirs.
  Heureux, etc.

Qui se laisse prendre à tes charmes,

Trop séduisante volupté,
Paiera bientôt de ses larmes
Le plaisir qu'il aura goûté.
  Heureux, etc.

Le moment d'une folle ivresse
Fait place à celui des regrets;
Ce bonheur qu'il poursuit sans cesse ,
Le mondain ne l'aura jamais.
  Heureux, etc.

Seigneur, de ma tranquille vie
Rien ne saurait troubler le cours;
La paix ne peut être ravie
A qui veut vous aimer toujours.
  Heureux, etc.

Le monde étale sa richesse,
Et ses biens ne m'ont point tenté;
J'ai le trésor de la sagesse
Dans le sein de la pauvreté.
  Heureux, etc.

La croix où mon Jésus expire ,
Change mes peines en douceurs :
Si quelquefois mon cœur soupire ,
C'est que je songe à ses douleurs.
  Heureux, etc.

L'espoir d'une gloire immortelle
Et d'un bonheur toujours nouveau
Sème de fleurs , pour le fidèle ,
Les bords si tristes du tombeau.
  Heureux, etc.

Mon Dieu, j'y descendrai sans crainte ,
Espérant , des bras de la mort ,
Voler vers ta demeure sainte,
En chantant dans un doux transport :
  Heureux qui, etc.

SENTIMENS D'AMOUR ET DE RECONNAISSANCE.

Seigneur, dès ma première enfance,
Tu me prévins de tes bienfaits;
Heureux si ma reconnaissance,
Dans mon cœur, les grave à jamais !
Le monde trompeur et volage
En vain m'offrirait sa faveur;
Je n'en veux point, tout mon partage
Est de n'aimer que le Seigneur.

Dieu règne en père dans mon ame,
Il en remplit tous les désirs,
Et l'amour pur dont il m'enflamme;
Vaut seul mieux que tous les plaisirs.
Le monde, etc.

Si je m'égare, il me rappelle;
Si je tombe, il me tend la main;
Il me protège sous son aile,
Il me renferme dans son sein.
Le monde, etc.

Si je suis constant et fidèle
A conserver son saint amour,
Une récompense immortelle
M'attend dans son divin séjour.
Le monde, etc.

Chrétiens, ne chérissons la vie
Que pour servir ce Dieu sauveur;
Et vers la céleste patrie,
Portons nos yeux et notre cœur.
Le monde, etc.

LES VANITÉS DU MONDE.

Tout n'est que vanité,
Mensonge, fragilité,

Dans tous ces objets divers
Q'offre à nos regards l'univers.
Tous ces brillans dehors,
Cette pompe,
Ces biens, ces trésors,
Tout nous trompe,
Tout nous éblouit,
Mais tout nous échappe et tout fuit.

Telles qu'on voit les fleurs,
Avec leurs vives couleurs,
Éclore, s'épanouir,
Se faner, tomber et périr;
Tel des vains attraits
Le partage,
Tels l'éclat, les traits
Du bel âge
Après quelques jours
Perdent leur beauté pour toujours.

En vain pour être heureux
Le jeune voluptueux
Se plonge dans les douceurs
Qu'offrent les mondains séducteurs,
Plus il suit les plaisirs
Qui l'enchantent,
Et moins ses désirs
Se contentent;
Le bonheur le fuit
A mesure qu'il le poursuit.

Que doivent devenir,
Pour l'homme qui doit mourir,
Ces biens long-temps amassés,
Cet argent, cet or entassés?
Fût-il du genre humain
Seul le maître,

Pour lui, tout enfin
Cesse d'être;
Au jour de son deuil,
Il n'a plus, à lui, qu'un cercueil.

Que sont tous ces honneurs,
Ces titres, ces noms flatteurs?
Où vont, de l'ambitieux,
Les projets, les soins et les vœux?
Vaine ombre, pur néant,
Vil atome,
Mensonge amusant,
Vrai fantôme
Qui s'évanouit
Après qu'il l'a toujours séduit.

Tel qui voit aujourd'hui,
Ramper au dessous de lui,
Un peuple d'adorateurs
Qui brigue à l'envi ses faveurs;
Tel, devenu demain,
La victime
D'un revers soudain,
Qui l'opprime,
Nouveau malheureux,
Est esclave et rampe comme eux.

J'ai vu l'impie heureux
Porter son air fastueux,
Et son front audacieux
Au dessus du cèdre orgueilleux;
Au loin tout révérait,
Sa puissance,
Et tout adorait
Sa présence :
Je passe, et soudain,
Il n'est plus, je le cherche en vain.

LE PÉCHEUR IMPLORANT LA MISÉRICORDE DIVINE.

Puniras-tu, Seigneur, dans ta justice,
D'un fils ingrat, les longs égaremens?
Mon cœur, hélas! commence mon supplice,
Il est en proie aux remords déchirans.   (*bis.*)

Quand je reviens sur ma coupable vie,
Tout m'y paraît à punir, à pleurer :
J'ai donc perdu mon père et ma patrie;
Cruel malheur! rien ne peut t'égaler.   (*bis.*)

Comblé des dons de ce Dieu plein de charmes,
Tout envers lui provoquait mon amour;
Je fus ingrat, il me dit par ses larmes :
« Quoi! tu me fuis! sera-ce sans retour?   (*bis.*)

» Depuis long-temps je pleure ton absence :
» Que t'ai-je fait? Tu m'as ravi ton cœur.
» Mon bien-aimé, reviens, et ma clémence
» Dans un moment oubliera ton erreur. »   (*bis.*)

A cette voix trop aimable et trop tendre,
Que répondis-je, insensible pécheur ?
Toujours, hélas! différant à me rendre,
Toujours, mon Dieu, j'accroissais ta douleur.

En vain la croix me retraçait le gage
Et les doux fruits d'un amour tout-puissant,
D'un air distrait, indifférent, volage,
Je regardais ce signe attendrissant.   (*bis.*)

LES AVANTAGES DE LA FERVEUR.

Goûtez, ames ferventes,
Goûtez votre bonheur;
Mais demeurez constantes
Dans votre sainte ardeur.

Heureux le cœur fidèle
Où règne la ferveur !
On possède avec elle
Tous les dons du Seigneur.

Elle est le vrai partage
Et le sceau des élus ;
Elle est l'appui, le gage
Et l'ame des vertus.
Heureux, etc.

Par elle, la foi vive
S'allume dans les cœurs,
Et sa lumière active
Guide et règle nos mœurs.
Heureux, etc.

Par elle, l'espérance,
Ranime ses soupirs,
Et croit jouir d'avance
Des célestes plaisirs.
Heureux, etc.

Par elle dans les ames
S'accroît, de jour en jour,
L'activité des flammes
Du pur et saint amour.
Heureux, etc.

C'est sa vertu puissante,
Qui garantit nos sens
De l'amorce attrayante
Des plaisirs séduisans.
Heureux, etc.

C'est sous sa vigilance
Que l'esprit et le cœur

Gardent leur innocence,
Et souvent leur pudeur.
Heureux, etc.

C'est elle qui, de l'ame,
Dévoile la grandeur;
Et le zèle s'enflamme
Par sa vive chaleur.
Heureux, etc.

SENTIMENS D'UNE AME QUI ÉPROUVE LE BESOIN DE REVENIR A DIEU.

Se peut-il, ô mon Dieu! que ta voix me rappelle?
Malgré tous les forfaits dont mon cœur est souillé,
Se peut-il que tes yeux, sur un enfant rebelle,
  Laissent tomber un regard de pitié!

Eh! comment, infecté de ma lèpre honteuse,
Oserai-je, Seigneur, paraître devant toi?
Plus je sens de remords, plus ta loi rigoureuse
  Remplit mon ame et de trouble et d'effroi.

Par d'amers souvenirs, chaque instant de ma vie
Me retrace l'excès de mes égaremens,
Et ces malheureux jours où mon audace impie
  Foulait aux pieds, tes saints commandemens.

Le jour me voit sans cesse en proie à mes alarmes;
La nuit n'apporte point de trève à ma douleur;
La couche où je repose est témoin de mes larmes;
  Je goûte un pain arrosé de mes pleurs.

Qui me rendra la paix, la paix que j'ai perdue?
Toi seul, mon Dieu! toi seul. Sourds à ma triste voix,
Hélas! ceux que j'aimais ont détourné la vue,
  Et de mes maux m'ont laissé tout le poids.

A mon vif repentir, à mon humble prière,
Accorde le salut qu'ils n'ont pu me donner.

Seigneur, toi que je n'ose encore nommer mon père,
   Ah ! daigne enfin, daigne me pardonner:

Ah ! quand se lèvera ce jour de ta clémence ?
Quand pourrai-je mêler la voix de mes transports
Aux cantiques d'amour et de reconnaissance
   Qu'on n'entend point dans l'empire des morts?

Heureux jour où, brisant le joug de l'injustice,
J'abaisserai mon front sous le joug de ta loi !
Jour mille fois heureux, si de mon sacrifice
   La bonne odeur peut monter jusqu'à toi.

6ᵉ JOUR.

BONHEUR QU'ÉPROUVE L'AME
APRÈS L'ABSOLUTION DE SES FAUTES.

Il est passé le temps de mes alarmes ;
Tu viens, mon Dieu, d'oublier mes erreurs;
Mon cœur, lavé dans ton sang et mes larmes,
De ton amour éprouve les douceurs.   (*bis.*)

Tout est changé : devant toi, tendre maître,
Oui, j'ai pleuré mes infidélités;
Mais à tes pieds, voudras-tu reconnaître
L'indigne objet de tes rares bontés?   (*bis.*)

Oui, tout baigné de ton sang adorable,
De ton courroux je brave la rigueur;
Non, tu n'es pas un juge inexorable,
Tu n'es pour moi qu'un père et qu'un Sauveur.
                                        (*bis.*)

N'as-tu pas dit en essuyant mes larmes,
En bannissant les soupirs de mon cœur :
Fils bien-aimé, mets fin à tes alarmes,
Jésus devient ton aimable vainqueur.   (*bis.*)

Je vous dois tout, Vierge compatissante ;
Près de Jésus, pour un cœur repentant,
J'ai vu plaider votre bonté touchante :
Vous n'avez point délaissé votre enfant.   (*bis.*)

Qu'heureuse est donc une ame pénitente !
Ah ! tout l'appelle au céleste séjour ;
Pour elle il n'est, comme à l'ame innocente,
Qu'un sentiment, c'est celui de l'amour.   (*bis.*)

SUR LE MYSTÈRE DE L'EUCHARISTIE.

Par les chants les plus magnifiques,
Sion, célèbre ton Sauveur ;
Exalte, dans les saints cantiques,
Ton Dieu, ton chef et ton pasteur ;
Redouble aujourd'hui, pour lui plaire,
Tes transports, tes soins empressés :
Jamais tu n'en pourras trop faire,   } (*bis.*)
Tu n'en feras jamais assez.

Ouvre ton cœur à l'allégresse,
A tout le feu de tes transports,
Lorsque son immense largesse
T'ouvre elle-même ses trésors :
Près de consommer son ouvrage,
Il consacre son dernier jour,
A te laisser ce tendre gage,   } (*bis.*)
Qui mit le comble à son amour.

Jésus de son amour extrème
Veut éterniser le bienfait ;
Ce que d'abord il fit lui-même
Le prêtre à son ordre le fait ;
Il change, ô prodige admirable
Qui n'est aperçu que des cieux !
Le pain en son corps adorable,   } (*bis.*)
Le vin en son sang précieux.

Je te salue, ô pain de l'Ange !
Aujourd'hui , pain du voyageur;
Toi que j'adore et que je mange,
Ah ! viens dissiper ma langueur.
Loin de toi l'impur, le profane,
Pain réservé pour les enfans,
Mets des élus, céleste manne,
Objet seul digne de nos chants.　　　} bis.

Au secours de notre misère ,
Jésus se livre entièrement ;
Dans la crèche, il est notre frère,
Et sur l'autel, notre aliment.
Quand il mourut sur le Calvaire ,
Il fut la rançon du pécheur ;
Triomphant dans son sanctuaire ,　　} bis.
Il est du juste le bonheur.

Honneur, amour, louange et gloire
Te soient rendus, ô bon Pasteur !
Vis à jamais dans ma mémoire,
Sois toujours gravé dans mon cœur.
O pain des forts ! par ta puissance,
Soulage mon infirmité;
Fais qu'engraissé de ta substance,　　} bis.
Je règne dans l'éternité.

REGRETS D'AVOIR TARDÉ SI LONG-TEMPS
D'AIMER LE SEIGNEUR.

Grace, grace ! suspends l'arrêt de tes vengeances,
Et détourne un moment, tes regards irrités ;
J'ai péché, mais je pleure ; oppose à mes offenses,
Oppose à leur grandeur celle de tes bontés.

Je sais tous mes forfaits, j'en connais l'étendue ;
En tous lieux, à toute heure ils parlent contre moi :
Par tant d'accusateurs, mon ame confondue
Ne prétend pas, contre eux, disputer devant toi.

Tu m'avais, par la main, conduit dès ma naissance :
Sur ma faiblesse, en vain, je voudrais m'excuser ;
Tu m'avais fait, Seigneur, goûter ta connaissance ;
Mais, hélas ! de tes dons je n'ai fait qu'abuser.

De tant d'iniquités la foule m'environne !
Fils ingrat, cœur perfide, en proie à mes remords,
La terreur me saisit ; je frémis, je frissonne ;
Pâle, et les yeux éteints, je descends chez les morts.

Ma voix sort du tombeau ; c'est du fond de l'abîme
Que j'élève vers toi, mes douloureux accens ;
Fais monter jusqu'au pied de ton trône sublime,
Cette mourante voix et ces cris languissans.

O mon Dieu ! quoi ! ce nom ! je le prononce encore !
Non, non, je t'ai perdu, j'ai cessé de t'aimer ;
O juge qu'en tremblant, je supplie et j'adore,
Grand Dieu ! d'un nom plus doux je n'ose te nommer,

—

A tes pieds, Dieu que j'adore, *Voyez* p. 7.

—

Quelle nouvelle et sainte ardeur
En ce jour transporte mon ame !
Je sens que l'Esprit créateur
De son feu tout divin m'enflamme.

Refrain.

Vive Jésus ! en ce jour de bonheur ,
  Sa foi dompte mon ame ;
C'en est fait, pour toujours, mon faible cœur
  Se dévoue à sa noble flamme.

Il faut, dans un noble combat ,
Pour vous, Seigneur, que je m'engage ;
Vous m'avez fait votre soldat,
Vous m'en donnerez le courage.
Vive Jésus, etc.

Du salut le signe sacré
Arme mon front pour ma défense ;
Devant lui , l'enfer conjuré
Perdra sa funeste puissance.
Vive Jésus, etc.

Le mépris d'un monde insensé
Pourrait-il m'alarmer encore?
Loin de m'en trouver offensé,
Je sens aujourd'hui qu'il m'honore.
Vive Jésus, etc.

Dans sa fureur, l'impiété
Veut me ravir le Dieu que j'aime;
Je veux, fort de la vérité,
Lui dire toujours anathème.
Vive Jésus, etc.

On a vu de faibles agneaux
Triompher de l'aveugle rage
Et des tyrans et des bourreaux;
Faible comme eux, Dieu m'encourage.
Vive Jésus, etc.

Chrétiens, ranimons notre ardeur ;
Contemplons la palme immortelle ;
Le ciel la promet au vainqueur,
Combattons et mourons pour elle.
Vive Jésus, etc.

7ᵉ JOUR.

SENTIMENS D'AMOUR AVANT LA COMMUNION.

Tu vas remplir le vœu de ma tendresse,
Divin Jésus, tu vas me rendre heureux ;

O saint amour, délicieuse ivresse !
Dans ce moment mon ame est tout en feux. (*bis.*)

Princes ornés du riche diadème,
Je me rirai de votre faux bonheur.
C'est toi, toi seule, ô ma beauté suprême !
Qui régneras sur mes sens et mon cœur.   (*bis.*)

Ne tarde plus, mon adorable père,
Ne tarde plus à venir dans mon cœur.
Rien sans Jésus, ne peut le satisfaire,
Tout autre objet est pour lui sans douceur.(*bis.*)

Divin époux, tu descends dans mon ame,
C'est aujourd'hui le plus beau de mes jours.
Que tout en moi se ranime et m'enflamme ;
Divin époux, je t'aimerai toujours.   (*bis.*)

Il est à moi ce Dieu si plein de charmes,
Mon bien-aimé, mon aimable Sauveur ;
Échappez-vous de mes yeux, douces larmes,
Coulez, coulez, annoncez mon bonheur.   (*bis.*)

Que ce bonheur est grand, incomparable !
Du saint amour je ressens les langueurs ;
De ce beau feu si pur, si désirable,
Ah ! qu'à jamais je goûte les douceurs !   (*bis.*)

ACTES AVANT LA COMMUNION.

Troupe innocente
D'enfans chéris des cieux,
  Dieu vous présente
Son festin précieux ;
Il veut, ce doux Sauveur,
Entrer dans votre cœur.
Dans cette heureuse attente ,
Soyez pleins de ferveur,
  Troupe innocente.

ACTE DE FOI ET D'ADORATION.

Mon divin maître,
Par quel amour, comment
  Daignez-vous être
Dans votre sacrement?
Vous y venez pour moi ;
Plein d'une vive foi,
J'y viens vous reconnaître
Pour mon Sauveur, mon roi,
  Mon divin maître.

ACTE D'HUMILITÉ.

Dieu de puissance,
Je ne suis qu'un pécheur ;
  Votre présence
Me remplit de frayeur ;
Mais pour voir effacés
Tous mes péchés passés,
Un seul trait de clémence,
Un mot seul est assez,
  Dieu de puissance.

ACTE DE CONTRITION.

Mon tendre père,
Acceptez les regrets
  D'un cœur sincère,
Honteux de ses excès ;
Vous m'en verrez gémir
Jusqu'au dernier soupir.
Avant de vous déplaire,
Puissé-je ici mourir,
  Mon divin père.

ACTE D'AMOUR.

Plus je vous aime,
Plus je veux vous aimer,
  O bien suprême !

Qui seul peut me charmer.
Mais, ô Dieu plein d'attraits!
Quand, avec vos bienfaits,
Vous vous donnez vous-même,
Plus en vous je me plais,
Plus je vous aime.

ACTE DE DÉSIR.

Que je désire
De ne m'unir qu'à vous,
Que je soupire
Après un bien si doux!
Oh! quand pourra mon cœur
Goûter tout le bonheur
D'être sous votre empire!
Hâtez-moi la faveur
Que je désire.

ACTIONS DE GRACES AVANT LA COMMUNION.

L'encens divin embaume cet asile;
Quel doux concert! quel chant mélodieux!
Mon cœur se tait et mon ame est tranquille;
La paix du ciel habite dans ces lieux.
O pain de vie!
O mon Sauveur!
L'ame ravie
Trouve en vous son bonheur.

D'un sommeil pur versé sur ma paupière,
Le calme heureux s'empare de mes sens;
D'un jour plus beau j'entrevois la lumière;
Non, je ne puis dire ce que je sens.
O pain de vie! etc.

Que votre joug, ô Jésus! est aimable!
Que vos attraits sont saints et ravissans!
Vous m'enivrez d'une joie ineffable,

Vous m'attirez par vos charmes puissans,
     O pain de vie ! etc.

Je vous adore au dedans de moi-même :
Je vous contemple à l'ombre de ma foi,
O Dieu ! mon tout, ô majesté suprême !
Je ne vis plus, mais Jésus vit en moi.
     O pain de vie, etc.

O saints transports ! vive et douce allégresse,
Chastes ardeurs, divins embrassemens,
O plaisirs purs, délicieuse ivresse,
Mon cœur se perd dans vos ravissemens.
     O pain de vie ! etc.

LA PERSÉVÉRANCE.

Jour heureux, sainte allégresse,
Jésus règne dans mon cœur !
Pourquoi donc, sombre tristesse,
Viens-tu troubler mon bonheur ?
Hélas ! de mon inconstance
J'ai l'affligeant souvenir ;
Et pour ma persévérance
Je redoute l'avenir.

CHŒUR.

Doux Sauveur de l'enfance,
Cache-nous dans ton cœur ;
Conserve nous la ferveur,
Et le bonheur et l'innocence,
Conserve-nous la ferveur,
Et l'innocence et le bonheur.

Ah ! je connais ma faiblesse,
Mes penchans impérieux,
Et la dangereuse ivresse
Que le monde offre à mes yeux ;
Dans sa fureur meurtrière,
Je vois l'enfer accourir ;

Ah ! si tout me fait la guerre,
Ne faudra-t-il pas périr ?
  Doux Sauveur, etc.

Quoi ! me dit le Dieu suprème,
Tu pourrais fuir mes autels !
Quoi ! tu briserais toi-même
Ces nœuds chers et solennels !
Contre toi tout court aux armes,
Tout conspire à t'entraîner :
Cher enfant de tant de larmes,
Veux-tu donc m'abandonner ?
  Doux Sauveur, etc.

Moi, trahir le Dieu que j'aime,
Jésus, déchirer ton cœur,
T'oublier, beauté suprème,
Outrager mon bienfaiteur !
Ton sang coule dans mes veines,
Et je pourrais te haïr,
Moi, je reprendrais mes chaînes ?
Non, Seigneur, plutôt mourir.
  Doux Sauveur, etc.

A LA SAINTE-VIERGE.

Triomphez, Reine des cieux,
A vous bénir que tout s'empresse ;
Triomphez, Reine des cieux,
Dans tous les temps, dans tous les lieux.
  Que l'amour nous prête,
  En ce jour de fête,
  Que l'amour nous prête
  Ses plus doux accords ;
Et que notre voix s'apprête
A seconder ses efforts.
Triomphez, etc.

Célébrons en ce saint jour,
Les vertus de l'humble Marie,

Célébrons en ce saint jour,
Et ses bienfaits et son amour.
   Sans cesse enrichie,
   Jeunesse chérie,
   Sans cesse enrichie
   Des plus heureux dons,
C'est de la main de Marie.
Enfans, que nous les tenons.
Triomphez, etc.

Qu'à jamais de ses faveurs,
Nos chants rappellent la mémoire,
   Qu'à jamais de ses faveurs,
Le souvenir charme nos cœurs.
   Le ciel et la terre,
   Ravis de lui plaire,
   Chantent ses appas.
Vos enfans, ô tendre mère !
Ne vous béniront-ils pas !
Triomphez , etc.

Achevez notre bonheur :
Retracez en nous votre image ;
   Achevez notre bonheur,
Et gravez dans nous votre cœur.
   Guidez de l'enfance ,
   Par votre puissance,
   Guidez de l'enfance
   Les pas chancelans ,
Et que l'aimable innocence
Couronne nos derniers ans.
Triomphez, etc.

ACTIONS DE GRACES.

A LA FIN DES EXERCICES DE LA RETRAITE.

Bénissons à jamais. (*Voy*. pag. 8.)

CANTIQUES DIVERS.

INVOCATION.

Esprit saint, descendez en nous,
Embrasez notre cœur de vos feux les plus doux.
Sans vous, notre vaine prudence
Ne peut, hélas! que s'égarer.
Ah! dissipez notre ignorance,
Esprit d'intelligence,
Venez nous éclairer.
Esprit saint, etc.

Le noir enfer pour nous faire la guerre,
Se réunit au monde séducteur;
Tout est pour nous, embûche sur la terre.
Soyez, soyez notre libérateur.
Esprit saint, etc.

Enseignez-nous la divine sagesse,
Seule elle peut nous conduire au bonheur :
Dans ses sentiers qu'heureuse est la jeunesse !
Qu'heureuse est la vieillesse !
Esprit saint, etc.

ASPIRATIONS ENVERS JÉSUS-CHRIST, AVANT LA COMMUNION.

Je t'aperçois, asile redoutable,
Où l'Éternel descend de sa grandeur,
Temple adorable
Du Rédempteur !

Si dans tes murs, il voile sa splendeur,
Ce Dieu d'amour n'en est que plus aimable.

Sans nul éclat, le vrai Dieu va paraître :
De cet autel , il vient s'unir à moi.
          Est-ce mon maître?
          Est-ce mon roi?
Laissez, mes yeux, laissez agir ma foi :
Un œil chrétien ne peut le méconnaître.

Du Roi des rois je suis le tabernacle ;
Oui, de mon ame un Dieu devient l'époux.
          Charmant spectacle !
          Espoir trop doux !
Rendez, grand Dieu! mon cœur digne de vous ,
Votre amour seul peut faire ce miracle.

Je m'attendris sans trouble et sans alarmes;
Amour divin , je ressens vos langueurs :
          Heureuses larmes !
          Aimables pleurs !
Oh! que mon cœur y trouve de douceurs !
Tous vos plaisirs, mondains, ont-ils ces charmes?

Ce pain des forts soutiendra mon courage ;
Venez, démons, de mon bonheur jaloux,
          Que votre rage
          Vous arme tous;
Je ne crains point vos plus terribles coups ;
De ma victoire un Dieu devient le gage.

Pour un pécheur, que sa tendresse est grande !
Qu'elle mérite un généreux retour !
          Dieu! quelle offrande
          Pour tant d'amour.

Prenez mon cœur, je vous l'offre en ce jour;
Ce cœur suffit, c'est tout ce qu'il demande.

AUTRE,

SUR LE MÊME SUJET.

Qu'ils sont aimés, grand Dieu! tes tabernacles!
Qu'ils sont aimés et chéris de mon cœur!
Là, tu te plais à rendre tes oracles;
La foi triomphe, et l'amour est vainqueur.

Qu'il est heureux celui qui te contemple,
Et qui soupire au pied de tes autels!
Un seul moment qu'on passe dans son temple
Vaut mieux qu'un siècle au palais des mortels.

En les comblant par un charme suprême,
Un Dieu puissant irrite mes désirs :
Il me consume, et je sens que je l'aime;
Et cependant je m'exhale en soupirs.

Autour de moi les anges en silence
D'un Dieu caché contemplent la splendeur.
Anéantis en sa sainte présence,
O chérubins! enviez mon bonheur.

APRÈS LA COMMUNION.

Que ne puis-je, ô roi de gloire!
Par de sublimes accens
Éterniser la mémoire
De tes dons et de mes chants!
Et tirant de mon génie
Des accords dignes de toi,
Par ma divine harmonie
Montrer qu'un Dieu règne en moi!

Quel plus étonnant miracle !
Dieu puissant, soutiens ma foi ;
Mon cœur est le tabernacle
D'un Dieu prodigue de soi ;
Et l'auteur de la nature,
La félicité des cieux,
Trouve dans sa créature
Un séjour délicieux.

Jésus, en qui tout espère,
L'objet de tant de soupirs,
Votre fils, ô Vierge mère !
Couronne donc mes désirs.
Seconde, auguste Marie,
Mes transports reconnaissans,
Et de mon ame attendrie
Daigne offrir les sentimens.

Je sens trop mon impuissance ;
O mon Seigneur ! ô mon roi !
Quand de la reconnaissance
Je veux accomplir la loi.
Ah ! dans mon désir extrême
Qu'offrir à ta majesté ?
Grand Dieu ! je t'offre à toi-même :
Mon amour s'est acquitté.

AUTRE.

Chantons en ce jour,
Jésus et sa tendresse extrême ;
Chantons en ce jour,
Et ses bienfaits et son amour.
Il a daigné lui-même
De ce bonheur suprême,
Descendre dans nos cœurs ;
Célébrons ses douceurs.
Chantons, etc.

O Dieu de grandeur !
Plein de respect, je vous révère ;
O Dieu de grandeur !
J'adore dans vous mon Seigneur.
Si ce profond mystère
Vient éprouver ma foi,
C'est l'amour qui m'éclaire
Et vous découvre en moi.
O Dieu, etc.

Aimons le Seigneur,
Ne cherchons jamais qu'à lui plaire ;
Aimons le Seigneur,
Il fera seul notre bonheur.
Ami le plus sincère,
Généreux bienfaiteur,
Il est plus, il est père :
Donnons-lui notre cœur,
Aimons, etc.

Pour tous vos bienfaits
Que vous offrir, ô divin Maître !
Pour tous vos bienfaits
Je me donne à vous pour jamais.
En moi je sentis naître
Les transports les plus doux,
Quand je pus vous connaître
Et m'attacher à vous.
Pour tous, etc.

O Dieu tout-puissant !
Par ta divine providence,
O Dieu tout-puissant !
Conserve mon cœur innocent.
Dès ma plus tendre enfance,
Tu guidas tous mes pas ;
Soutiens mon innocence,
Couronne mes combats.
O Dieu, etc.

LES ENFANS S'INVITENT MUTUELLEMENT A CÉLÉBRER LES BIENFAITS DU SEIGNEUR.

TOUS LES ENFANS ENSEMBLE :

Célébrons ce grand jour par des chants d'allégresse,
  Nos vœux sont enfin satisfaits ;
  Bénissons le Seigneur, publions sa tendresse,
    Chantons, exaltons ses bienfaits.
     Pour nous, tout pécheurs que nous sommes,
     Il descend des cieux en ce jour ;
     C'est parmi les enfans des hommes
     Qu'il aime à fixer son séjour.
     Chantons sous cette voûte antique,
     Le Dieu qui règne sur nos cœurs :
     Célébrons par un saint cantique,
     Et notre amour et ses faveurs.   *(bis.)*

LES GARÇONS :

O filles de Sion ! que cette auguste enceinte
  Retentisse de vos concerts :
Ces lieux sont tout remplis de la majesté sainte
    Du Dieu puissant de l'univers.
     Bon père, à des enfans qu'il aime
     (Cieux, admirez tant de bonté !)
     Il donne, en se donnant lui-même,
     Le pain de l'immortalité.
     Chantons, etc.

LES FILLES :

Comme nous, en ce jour, nourris du pain des anges,
  Bénissez-le, jeunes chrétiens ;
Chantons-le tour à tour, répétons les louanges
    Du Dieu qui nous comble de biens.
     Bon pasteur, aux meilleurs herbages
     Il conduit ses jeunes agneaux ;
     Il les mène aux plus frais ombrages,
     Il les mène aux plus claires eaux.
     Chantons, etc.

LES GARÇONS :

Ta parole est, Seigneur, plus douce à mon oreille
    Que l'instrument le plus flatteur ;
Ta parole est pour moi, ce qu'à la jeune abeille
    Est le suc de la tendre fleur.
    Trois fois heureuse la famille
    Fidèle aux lois que tu prescris !
    Où la mère en instruit sa fille,
    Où le père en instruit son fils.
    Chantons, etc.

LES FILLES :

Loin des traits du chasseur, la colombe timide
    Cherche le repos des déserts :
J'ai cherché le repos dans le temple ou réside
    Le Dieu bienfaisant que je sers.
    Sous les tentes des grands du monde
    Courez, peuple aveugle et pécheur ;
    Moi, j'ai choisi la paix profonde
    Des tabernacles du Seigneur.
    Chantons, etc.

EN L'HONNEUR DU SAINT-SACREMENT.

Chantons le mystère adorable
        De ce grand jour ;
Chantons le don inestimable
        Du Dieu d'amour.
    A seconder nos saints accords
        Que tout s'empresse :
    Qu'au loin tout éclate en transports
        D'une vive allégresse.

Que l'éclat, la magnificence
        Ornent ces lieux ;
Que tout adore la présence
        Du Roi des cieux,

Et pour répondre à ses faveurs,
    Sur son passage,
Nos voix, nos âmes et nos cœurs
    Lui rendent leur hommage.

Ce Dieu, toujours plein de tendresse
    Pour les mortels,
S'immole, en leur faveur, sans cesse
    Sur nos autels.
Peu content d'un bienfait si doux,
    L'amour l'engage
A se donner lui-même à nous,
    Souvent et sans partage.

Honneur, amour, louange et gloire
    Au Dieu sauveur !
Qu'à jamais vive sa mémoire
    Dans notre cœur !
Aimons-le sans fin, sans retour ;
    Plus que nous-même ;
Et payons son excès d'amour
    Par un amour extrême.

Consacrez-lui vos voix naissantes,
    Tendres enfans,
Et de vos âmes innocentes
    Le doux encens :
On doit l'aimer dans tous les temps,
    Dans tous les âges ;
Mais surtout des jours innocens
    Il aime les hommages.

Divin Jésus ! beauté suprême !
    Comblez nos vœux ;
Venez dans nous, venez vous-même
    Nous rendre heureux.
Daignez, grand Dieu, de vos bienfaits
    Remplir nos ames ;
Qu'elles ne brûlent désormais
    Que de vos saintes flammes !

AUTRE.

Comblez mes vœux et devancez l'aurore,
O Dieu d'amour, digne époux de nos cœurs.
Quels plaisirs purs! quelles chastes douceurs!
Oui, je le sens, c'est le Dieu que j'adore.
Eh! d'où me vient un si sublime honneur?
O Séraphins, enviez mon bonheur.

O douce paix, que le pécheur ignore,
Enivrez-moi, faites couler mes pleurs.
Quels plaisirs purs! etc.

Banquet sacré de l'Époux qui m'honore,
Vous m'admettez aux célestes faveurs.
Quels plaisirs purs! etc.

Ah! c'en est fait, ô mon Dieu, je déplore
D'un cœur ingrat, les coupables erreurs.
Quels plaisirs purs! etc.

Monde insensé, pour jamais je t'abhorre;
Loin, loin de moi tous tes charmes trompeurs!
Quels plaisirs purs! etc.

AUTRE.

Amour divin, ô sagesse éternelle,
Vous que chérit et désire mon cœur,
Apparaissez, beauté toujours nouvelle;
O doux Jésus, avancez mon bonheur!

Ah! loin de moi la coupe empoisonnée
Qui du méchant consomme le malheur!
Jésus m'appelle, heureuse destinée!
Voici l'Époux; c'est le Dieu de mon cœur.

Pourquoi, toujours insensible à ses charmes,
Ai-je oublié si long-temps ses bienfaits?
O Dieu sauveur! voyez couler mes larmes!
Avec mes pleurs, acceptez mes regrets.
Ah! loin de moi, etc.

Il a voilé l'éclat de sa présence,
Pour rassurer les timides mortels :
Son tendre amour nourrit ma confiance,
Et me conduit au pied des saints autels

Ah ! loin de moi, etc.

Comment suffire à la reconnaissance ?
Que vous offrir, ô magnifique Époux ?
Revêtez-moi de grace et d'innocence,
Rendez mon cœur moins indigne de vous.

Ah ! loin de moi, etc.

LE CIEL.

Sainte cité, demeure permanente,
Sacré palais qu'habite le grand Roi,
Où doit régner l'ame innocente,
Quoi de plus doux que de penser à toi !

O ma patrie !
O mon bonheur !
Toute ma vie,
Sois le vœu de mon cœur !

Dans tes parvis tout n'est plus qu'allégresse ;
C'est un torrent des plus chastes plaisirs ;
On ne ressent ni peine ni tristesse,
On ne connaît ni plainte ni soupirs.

O ma patrie ! etc.

Tes habitans ne craignent plus d'orage ;
Ils sont au port, ils y sont pour jamais ;
Un calme entier devient leur doux partage ;
Dieu dans leur cœur verse un fleuve de paix.

O ma patrie ! etc.

De quel éclat ce Dieu les environne !
Ah ! je les vois tout brillans de clarté !
Rien ne saurait y flétrir leur couronne.
Leur vêtement est l'immortalité.

O ma patrie, etc.

Pour les élus il n'est point d'inconstance,
Tout est soumis au joug du saint amour ;
L'affreux péché n'a plus de puissance.
Tout bénit Dieu dans cet heureux séjour.

O ma patrie, etc.

Puisque Dieu seul est notre récompense,
Qu'il soit aussi la fin de nos travaux ;
Dans cette vie un moment de souffrance
Mérite au ciel un éternel repos.

O ma patrie, etc.

AUTRE.

Air : *L'encens Divin* ou *Mère de Dieu.*

O Ciel si beau ! magnifique demeure,
Des plaisirs purs, délicieux séjour;
Combien de fois mes vœux avancent l'heure,
Qui doit m'unir au Dieu de mon amour !
Esprit de flamme,
O Dieu d'amour !
Ravis mon ame
Au céleste séjour.

Cité des saints, ô palais plein de charmes,
Où le Seigneur lui-même, de ses mains,
Daigne essuyer des yeux, toutes les larmes,
Et rendre heureux à jamais tous les saints !
Esprit de flamme, etc.

Dans ce séjour, d'un torrent de délices,
L'amour divin inonde tous les cœurs;
Les saints, pour prix de quelques sacrifices,
Y sont comblés d'éternelles faveurs.
Esprit de flamme, etc.

Divins parvis ! régions éternelles !
Mon cœur, vers vous, élève ses soupirs.
Anges du ciel, portez-moi sur vos ailes;
Servez mes vœux et hâtez mes plaisirs.
Esprit de flamme, etc.

O vains honneurs, faux plaisirs, bien frivoles,
Entendez tous, aujourd'hui, mes adieux :
Loin, loin de moi, séduisantes idoles!
Mon cœur n'est fait que pour le Roi des cieux.
    Esprit de flamme, etc.

Déjà mes sens tressaillent d'espérance;
Déjà je crois entrevoir le trépas :
Alors mon Dieu sera la récompense,
Et l'heureux prix, après tant de combats.
    Esprit de flamme, etc.

AUTRE.

Quels accords! quels concerts augustes!
Quelle pompe éblouit mes yeux!
Fais silence à l'aspect des justes,
O terre! entends le chant des cieux.   (*bis.*)

Odivine, ô tendre harmonie!
Les saints, dans ce transport d'amour,
Chantent la grandeur infinie
Du Dieu dont ils forment la cour.   (*bis.*)

Quel spectacle! un Dieu sans nuage
Se montre aux yeux des bienheureux;
Ils contemplent de son visage,
Les traits sereins et lumineux.   (*bis.*)

Le Seigneur transporte leur ame
Par les plus saints ravissemens;
Sa sainte ardeur, qui les enflamme,
Les nourrit de feux renaissans.   (*bis.*)

Je vois à l'ombre de ses ailes,
Ces saints dont l'éloquente voix
Confondit les esprits rebelles,
Et donna des leçons aux rois.   (*bis.*)

De la nouvelle Babylone
Les martyrs, ces brillans vainqueurs,
Sont assis auprès de son trône,
Le front ceint d'immortelles fleurs.

CANTIQUES

DES EXERCICES DU SOIR,

POUR LE JOUR DE LA PREMIÈRE COMMUNION.

CANTIQUE D'OUVERTURE.

Air nouveau.

Voici l'autel, voici le trône,
Objet de nos plus tendres vœux :
Le doux éclat qui l'environne,
Charme, sans éblouir, nos yeux.

Du haut de la voûte azurée,
Un Dieu descend, dans ces augustes lieux ;
Relève ta tête sacrée,
Religion, noble fille des cieux.

Lève ton front de la poussière,
Chère Sion, brise tes fers,
Et reprends ta splendeur première :
Tous les trésors te sont ouverts.
Du haut, etc.

Vois comme l'auguste Sagesse,
Sensible au bonheur des humains,
Vient, prodigue de sa tendresse,
Verser ses dons à pleines mains.
Du haut, etc.

Le repentir et l'innocence
Ont même part à sa faveur ;
Il leur fait goûter sa présence,
La paix, la joie et le bonheur.
Du haut, etc.

Jésus paraît : l'amour le presse ;
Il vole au-devant du pécheur ;
Et, dans l'excès de sa tendresse,
Il daigne s'unir à son cœur.
Du haut, etc.

Au premier cri de ma misère,
Ce Dieu, touché de mon retour,
Épuise les bontés d'un père,
Et les trésors de son amour.
Du haut, etc.

AUTRE.

Air nouveau.

Temple, témoin des premiers vœux,
Et du bonheur de l'innocence,
Je te dois, image des cieux,
Les plus beaux jours de mon enfance.
Inspire-moi des chants divins,
Sainte Sion, ô ma patrie,
Et retentis des doux refrains
Vive Jésus ! vive Marie !

O Dieu, soutiens ma faible voix ;
Elle part d'un cœur pur et tendre :
Quel présage !... ici, sur la croix,
Un rayon a semblé descendre.
Inspire-moi, etc.

Dieu m'absout... quels doux souvenirs
Ce bienfait offre à ma mémoire !
Contre le monde et ses plaisirs,
Quel plus sûr gage de victoire !
Inspire-moi, etc.

Ces fonts ont reçu mes sermens,
Sermens nouveaux, qu'en traits de flamme,

Pour affermir mes sentimens,
L'amour a gravés dans mon ame.
Inspire-moi, etc.

Pontife et victime d'amour,
Sur l'autel, le Sauveur lui-même
Vient, en s'immolant chaque jour,
Donner la vie à ceux qu'il aime.
Inspire-moi, etc.

C'est ici, que Dieu s'est montré,
Prodige touchant de tendresse;
C'est là, qu'à son banquet sacré,
Il renouvela ma jeunesse.
Inspire-moi, etc.

De tant d'amour et de bienfaits,
O Jésus, source intarissable,
Qui n'est épris de vos attraits?
Combien votre joug aimable !
Inspire-moi, etc.

AUTRE.

Air nouveau.

Aux chants de la reconnaissance,
Peuples, unissez vos accords;
Dans le temple de l'innocence,
Faites éclater vos transports.
Sion, conserve la mémoire
Des bienfaits du Dieu de mon cœur :
Le servir est toute ma gloire,
Et l'aimer fera mon bonheur.

Quoi ! pour Dieu serais-je insensible ?
Quel autre objet peut me charmer ?

Non, lui-même, à mon cœur sensible,
Apprit l'art si doux de l'aimer.
Sion, etc.

En vain contre mon innocence,
L'enfer, le monde ont conspiré;
Dieu me couvre de sa puissance,
A l'ombre de l'autel sacré.
Sion, etc.

Formez des concerts d'allégresse,
Livrez-vous aux plus doux transports,
Peuples, tribus, que tout s'empresse
D'unir sa voix à nos accords.
Sion, etc.

Jeunes élus, chantez sa gloire;
Et qu'un monument éternel,
Consacre, en vos cœurs, la mémoire
D'un jour si beau, si solennel.
Sion, etc.

AUTRE.

Air nouveau.

Quel beau jour! quel bonheur suprême!
Peuples, élevez vos concerts;
La terre devient le ciel même:
Voici le Dieu de l'univers.
Frémissons de joie et de crainte,
Le Verbe descend parmi nous;
O chérubins, abaissez-vous,
  Sous sa majesté sainte.

N'est-il plus le Dieu qui pardonne?
Où sont ses antiques bontés?

Son amour, qui nous environne,
A brisé nos iniquités.
Frémissons de joie, etc.

Son trône est porté par les anges ;
Il vole sur l'aile des vents.
Refusera-t-il les louanges
De ceux qu'il nomme ses enfans ?
Frémissons de joie, etc.

O Seigneur, prêtez-nous des ailes,
Pour nous élever jusqu'à vous ;
Ou, des demeures éternelles,
Daignez descendre jusqu'à nous.
Frémissons de joie, etc.

Quelle Jérusalem nouvelle,
Toute brillante de beauté,
D'un éclat divin étincelle,
Et nage en des flots de clarté ?
Frémissons de joie, etc.

Ouvrez-vous, portes éternelles,
Desc eux Dieu descend aujourd'hui :
Et vous, légions immortelles,
Empressez-vous autour de lui.
Frémissons de joie, etc.

POUR L'ÉLÉVATION.

Recueillons-nous, le prodige s'opère,
Jésus paraît, Jésus descend des cieux.
En ce moment il arrive en ces lieux.
  Je me prosterne et le révère,
    Je l'adore et le crois,
        C'est mon roi,
        C'est mon père;
      Le mystère
    Ne l'est plus pour moi.
  Une céleste lumière,   (*bis.*)
    Brille et m'éclaire;   } (*bis.*)
    Oui, je le vois.

Disparaissez, vains objets de la terre,
Vous n'aurez plus d'empire sur mon cœur.
En Jésus seul il trouve son bonheur;
  C'est à Jésus seul qu'il veut plaire.
    Oui, Seigneur, dès ce jour,
        Sans retour,
        Dieu suprême,
      Je vous aime
    Du plus tendre amour.
  Des faux plaisirs vaine idole,   (*bis.*)
    Oui, je t'immole,   } (*bis.*)
    C'est pour toujours.

    O Roi des cieux !
Vous nous rendez tous heureux;
  Vous comblez tous nos vœux,
En résidant pour nous dans ces lieux.
    Prodige d'amour
    Dans ce séjour
Vous vous immolez pour nous chaque jour;
    A l'homme mortel
Vous offrez un aliment éternel.
    O Roi des cieux, etc.

Seigneur, vos enfans
Reconnaissans,
Vous offrent les plus tendres sentimens :
Leurs cœurs sans retour,
Veulent brûler du feu de votre amour.
O Roi des cieux,

Chantons tous en chœur :
Gloire et honneur
A Jésus, notre aimable Rédempteur !
Chantons à jamais,
De son amour les éternels bienfaits.
O Roi des cieux, etc.

A L'ÉLÉVATION.

Que cette voûte retentisse
Des voix et des chants des mortels ;
Que tout ici s'anéantisse,
Jésus paraît sur nos autels !
Quoique caché dans ce mystère,
Sous les apparences du pain,
C'est notre Dieu, c'est notre Père,
C'est le Sauveur du genre humain.

O divin Époux de nos ames !
Dans cet auguste sacrement,
Embrasez-nous tous de vos flammes,
En vous faisant notre aliment.
Que cette voûte, etc.

———

Sur cet autel
Ah ! que vois-je paraître !
Jésus, mon Roi, mon divin Maître,
Sur cet autel,
Sainte victime,
Vous expiez mon crime,
Sur cet autel.

De tout mon cœur ;
Dans ce profond mystère,
Je vous adore et vous révère
De tout mon cœur.
Bonté suprême,
Que toujours je vous aime,
De tout mon cœur.

AUTRE.

Je vois s'ouvrir l'auguste tabernacle,
Sur cet autel paraît le Roi des cieux ;
Heureux mortels ! ce temple est un cénacle,
L'esprit d'amour le remplit de ses feux.

Divin Jésus, mon ame s'abandonne
Aux saints transports qu'inspire ton amour ;
O mon Sauveur, tu m'offres ta couronne :
Et tu ne veux que mon cœur en retour !

Je suis à toi, mais quelle est ma faiblesse !
Répands sur moi ta bénédiction ;
Soutiens mon cœur, daigne par ta tendresse,
Éterniser cette heureuse union.

AUTRE.

Dans ce profond mystère
Où la foi sait te voir.
O Dieu que je révère,
Tu fixes mon espoir !
Jésus, source de vie,
Qui dans l'Eucharistie.
Viens te cacher pour mon amour,
Dans la cité chérie,
Nous te verrons un jour.

Puisse notre tendresse
Obtenir de ton cœur,
La sublime sagesse
Qui mène au vrai bonheur !
Jésus, etc.

CONFIRMATION.

Quel feu s'allume dans mon cœur?
Quel Dieu vient habiter mon ame?
A son aspect consolateur,
Et je m'éclaire et je m'enflamme.
Je t'adore, Esprit créateur :
    Parais, Dieu de lumière,
Et viens renouveler la face de la terre.

Je vois mille ennemis divers
Conjurer ma perte éternelle;
J'entends tous leurs complots pervers.
Dieu, romps leur trame criminelle;
Qu'ils retombent dans les enfers !
    Parais, etc.

Quels sont ces profanes accens,
Ces cris et ces pompeuses fêtes?
De Baal ce sont les enfans ;
De fleurs ils couronnent leurs têtes
Que va frapper la faux du temps.
    Parais, etc.

Voyez comme les insensés
Dansent sur leur tombe entr'ouverte !
La mort les suit à pas pressés ;
En riant ils vont à leur perte.
Dieu regarde... ils sont dispersés.
    Parais, etc.

Quoi! pour un moment de plaisir,
Mon Dieu, j'oublierais ta loi sainte !
Dans l'égarement du désir,
Je pourrais vivre sans ta crainte !
Non, mon Dieu! non, plutôt mourir !
    Parais, etc.

CONSÉCRATION A LA SAINTE VIERGE,

UNE VOIX.

Vous qu'en ces lieux combla de ses bienfaits
    Une mère auguste et chérie,
Enfans de Dieu que vos chants à jamais
    Exaltent le nom de Marie.   *(bis.)*
Je vois monter tous les vœux des mortels
    Vers le trône de sa clémence;
Tout à sa gloire élève des autels
    Des mains de la reconnaissance.
Vous qu'en ces lieux, etc.

Ici sa voix puissante sur nos cœurs
    A la vertu nous encourage :
Sur le saint joug elle répand des fleurs ;
    Notre innocence est son ouvrage.   *(bis.)*
Si le lion rugit autour de nous,
    Elle étend son bras tutélaire :
L'enfer frémit d'un impuissant courroux,
    Et le ciel sourit à la terre.
    Nous qu'en ces lieux, etc.

Quand le chagrin, de ses traits acérés,
    Blesse nos cœurs et les déchire,
Sensible mère, elle est à nos côtés ;
    Avec nos cœurs le sien soupire.   *(bis.)*
Combien de fois sa prévoyante main
    De l'ennemi rompit la trame !
Nous la priions, et nous sentions soudain
    La paix descendre dans notre ame.
Nous qu'en ces lieux, etc.

Battu des flots, vain jouet du trépas,
    La foudre grondant sur sa tête,
Le nautonnier se jette dans ses bras,
    L'invoque, et voit fuir la tempête.   *(bis.)*
Tel le chrétien, sur ce monde orageux,
    Vogue toujours près du naufrage ;
Mais à Marie adresse-t-il ses vœux,

Il aborde en paix au rivage.
Nous qu'en ces lieux, etc.

Heureux celui qui, dès ses premiers ans,
  Se fit un bonheur de lui plaire!
Heureux ceux qu'elle adopta pour enfans!
  La Reine des cieux est leur mère.   (*bis.*)
Oui, sa bonté se plaît à secourir
  Un cœur confiant qui la prie.
Siècles, parlez!... Vit-on jamais périr
  Un vrai serviteur de Marie?
Nous qu'en ces lieux, etc.

Temple divin, ô asile béni!
  Faut-il donc quitter ton enceinte!
Faut-il aller de ce monde ennemi
  Braver la meurtrière atteinte.   (*bis.*)
Tendre Marie, ah! nous allons périr;
  Le scandale inonde la terre!
Veillez sur nous, daignez nous secourir;
  Montrez-vous toujours notre mère.
Nous qu'en ces lieux, etc.

PRIÈRE A LA SAINTE VIERGE.

Vierge Marie, priez pour nous;
Vierge Marie, exaucez-nous.

Oui, notre vie est toute à vous,
Vierge Marie, protégez-nous.
Vierge, etc.

Dans la détresse on court à vous,
L'allégresse nous vient de vous.
L'enfant vous prie dès le berceau,
La mère prie jusqu'au tombeau.

Vierge Marie, priez pour nous;
Vierge Marie, protégez-nous.
  Priez-pour nous,
  Exaucez-nous.

Indication de plusieurs chapitres de l'Imitation de Jésus-Christ qu'il est utile de lire pendant une retraite.

1er Jour.—Liv. I, chap. 20 et 25.
2e Jour.—Liv. I, chap. 22 et 23.
3e Jour.—Liv. I, chap. 24; liv. III, chap. 5.
4e Jour.—Liv. III, chap. 10 et 47.
5e Jour.—Liv. III, chap. 34 et 35.
6e Jour.—Liv. IV, chap. 3 et 4.
7e Jour.—Liv. III, chap. 48 et 49.

(S'adresser, pour la musique de ces cantiques, à M. LEBEAU, 6, rue de la Madeleine.)

Imprimerie d'Urtubie, Worms et Cⁱᵉ, rue St-Pierre-Montmartre, n. 17.

TABLE ALPHABÉTIQUE

Pages.